CONTENTS

呃～所以⋯
我現在正在和老師交往。
親生哥哥突然跟我報告這種事，
有人能以一句「是喔，這樣啊」就坦然接受嗎？
我的害羞小甜心

シャイニーハニー
我的害羞小甜心
s h o n e y
第1話

Ginge

我的害羞小甜心

實！
實～我在叫你！
ばっ
吶，你要無視我到什麼時候啊！
瞞著你是我不對！我不是道歉了嗎!?
你很固執耶～厚——！
老師也低頭向你道歉啦——
道歉也沒用吧。
沒錯，我並不是在生氣，

老實說，我是不知道該做出什麼反應才好。
幾個月前，
我曾不小心看到菅谷偷襲老哥。
咦…那是哥在吻他!?還是哥被吻!?
那個時候，
他明明一副大受打擊的表情。

昨天發生的事♥
唔哇！
實!?
補習呢!?
碰巧放假
啊哈哈~其實~
我們兩個正在交往
為什麼會變成這樣啊!?
就算路上行人再怎麼少，也不能在外面做那種事啊——
咻
而且還說是從暑假前就開始交往了!!
都超過兩個月了！
學校正值文化祭前，

大家的情緒都處於亢奮狀態。
去看過一年五班了嗎～？
再說，我也不懂和男人交往意義何在！
準備真的很趕～來得及嗎？
可是老天爺現在，為什麼要對我投下這枚震撼彈呢？
老哥遭到菅谷的毒手，變得不正常了。
因為他直到去年都還很正常地和女人交往
瀨戶大哥！
嗨。
早安，一早就要上工？

是啊～因為※文執說他們來不及準備。
咦，友情幫忙？
你明明沒加入委員會呀？
是啊。
唔哇，辛苦你了。
謝謝關心。
…對象至少也要是瀨戶大哥吧…
？
喂—瀨戶！
抱歉，再拿一次這個！

※文化祭執行委員會

那拜囉，
實。
瀨戶大哥，
是老哥
從國中時就認識
的朋友，
也是死黨，
實～
我帶朋友
來了
已經180cm
第一次見面時
還以為是巨人
還經常到
我們家來。
他脾氣好，
人又可靠，
所以，
每次遇到
這類活動，
他便經常受到
徵召。
而且
他的頭腦也
很好～
全年級第一吧
早安～
菅谷老師！
實在
很厲害
喔～
早安～

老師今天
沒有守在
校門口嘛～
興奮
興奮
是啊，
因為要開會，
所以，
文化祭
之前都…
必須繃緊神經
……
才行！
你一整年
都給我繃緊
吧。
瀨戶大哥
知道那兩個人的
事嗎？
※天下第一

噹—噹
噹—噹
要回去嗎？
一揹
喔。
不留下來準備沒關係嗎？
嗯，我們只是展覽，
作業大致上也已經結束了
瀨戶大哥班上呢？要做什麼？
炒麵攤。
3-1

！
好適合喔。
炒麵
像這樣
的東西
我們炒麵攤的框架也已經搭好了，
是嗎？
就等前一天採買材料。
那你現在可以順道來我家嗎？
有時間吧？
？
我有幾題數學問題想請教你。
補習班正在教二年級的課程
喔，可以啊。
太好了！
一年級也要學二年級的內容啊
不知道能不能順便…
……
問他那兩個人的事？
對了，吉野和菅谷交往的事終於被你發現了呢。
原來你知道!!

咦！
是說，這件事這麼人盡皆知嗎!?
不知道的只有我!?
不是，只有幾個朋友知道吧。
而且還被迫封口
因為他在暑假前對我們公布了。
公布……
老哥在想什麼啊……
而且聽說你……
因為這件事，從昨天起就不跟你哥說話？
他今天傳了求救簡訊過來。
……因為啊……
瀨戶大哥你也不喜歡對吧？
好朋友和男人……什麼的。
……我是嚇了一跳沒錯，
不過該說是沒辦法嗎？
說一句沒辦法就算了嗎!?

因為對吉野來說，菅谷是…
特別的吧。
你不是也聽他說過很多次嗎？
……你是指他以前救過老哥的那件事？
誰知道可信度有多少
就算這樣，一般人會因此而交往嗎？
因為他說這件事讓他的「人生改變了」，
他改變很多吧？
我也是第一次看到那傢伙為一個人著迷成那樣。
無論男女
如果是個微不足道的傢伙，我會先動手教訓他，
所以你不要那麼排斥啦。

…那假如他真的是個微不足道的傢伙，你要把他狠狠揍一頓再去到河裡喔。
哈哈
知道了。
真是的，為什麼老哥他不選瀨戶大哥呀？
真可惜~
嗯？
原本要說的是這個嗎？
然後，把這個做因式分解…
啊！
這樣啊，我懂了！
答對了。
喀鏘喀鏘
我回來了~

嗨～瀨戶！聽說你又來教實念書了？
剛才去了一趟店裡，老媽要我把這個拿來，
晚餐！還沒吃吧？
她叫我好好跟瀨戶同學說，
謝謝。
不好意思。
讓她費心了嗎？
客氣什麼。
……
你回來啦。
喔！什麼嘛，氣消了嗎？
喂！
不要鬧了
你是不是說了什麼？
沒有。
你又來了。
謝啦！

哎呀~不過
太好了，
我本來還在想
萬一實就這樣
一輩子都無視於
我的存在該怎麼辦？
但就算這樣，
我也不可能和老師
分手啦！
哪怕遭到反對！
……
是嗎
我還想說
既然你不喜歡
兩個男人
在一起，那我
就只好變成
女人囉？
怎麼
可能嘛…
是不可能！
……說到
女人，
聽說你們班
在文化祭
要開角色扮演
咖啡店。
對啊~
那是什麼!?
你要
扮女裝!!?

沒有啦！
很噁心吧
好像說女生要戴上貓耳？什麼的。
…拜託你，千萬不要做奇怪的打扮，否則連我都會被嘲笑。
會嗎？
為什麼？
當然會！
還不都是因為你大名鼎鼎!!
哦～
是喔～我會注意啦，那你們班上要做什麼？
展覽
炒麵攤
炒麵攤不錯耶
啊，慘了，都這麼晚，我得去店裡才行。
啊，真的
那我也差不多該回去了。
喔？你慢慢來…
啊，對喔，
你下個月是不是有考試？
也沒辦法待太久吧

咦!? 有考試嗎!?
因為這傢伙要推甄嘛。
對不起！既然這樣，你拒絕我就好了呀。
拒絕來我家
別放在心上，
拍拍
事到如今，臨時抱佛腳也沒用啊。
不愧是秀才，說的話就是不一樣。
再說，我也好久沒有跟你說到話了。
咦？啊～也對～

最近上下學都因為要準備文化祭而分開走，
該不會咲達一個星期了吧？
都沒說到話…
可能喔。
好誇張。
這種情況還真罕見～
是啊
啊。

瀨戶大哥
該不會
是想要見老哥吧？
嘩唰
喀鏘 喀鏘
叩！叩！
洗澡？
對～
老媽說她今天會晚回來要到5點
喔～
……
「我也好久沒有跟你說到話了。」

「沒辦法，」
「因為…」
「對吉野來說，菅谷是…」
喔～洗好了嗎～
嗶嚕嚕嚕
噢。
老師在做什麼
呵。
都怪我…
滿腦子只顧著想…
假如我是老哥的話會怎麼樣，
所以才沒有察覺…

距離波高祭
還有
1
天
或許，
瀨戶大哥他…

波高祭
1-1
待會見~

抱歉喔，吉野同學！我們來晚了。
啊，嗯。
換我們留守吧。
不過，好棒喔～高中的文化祭！
跟國中完全不同～
好好玩～♥
是嗎？
你的反應
好冷淡
啊，抱歉。
那我也稍微去逛一下吧。
嗯…
啊！前面!!
前面？

唔哇，啊！
瀨戶大哥!!
原來是吉野同學認識的人
喔，你有沒有看到吉野？
業者嗎？
這樣啊。
咦？我沒看到…
怦咚
快步
快步
啊！你要去哪裡!?
因為他不在教室，我要送餐。

他拜託你外送嗎？
不是，他說晚點會來拿，所以要我先做好，
但我剛好休息。
……是哦～
你要吃這個嗎？
咦…不用啦！不是要給我哥嗎!?
但是會冷掉吧。
很好吃喔
可是…
咦，

午茶時
要不要休
瀨戶！實！
怎麼，你們一起逛嗎？
老哥!?
哈哈
虧你認得出來。

為啥…！
你不是說你
沒有要扮嗎!??
女裝!!
而且為什麼還在這個地方晃來晃去啊!!
你不是負責宣傳嗎？
啊…因為很多原因，情況有所改變了！
不過，我這樣也不奇怪吧！
的確不怪。
對～吧～！
很怪吧。
而且還外八
咦，那個該不會是炒麵？我的？
你幫我拿來了嗎？
因為我剛好有空。
謝啦～！
啊，那我走囉，要在這個冷掉之前…
嗯？

啊！老師!!
你來得正好!!
唔哇！吉野!?
咦
走吧，實。
什麼唔哇，我一直在找你耶？
不是…你…
咦!?
很奇怪嗎？因為老師說想看，所以我才穿的～
怪!?
怪是不怪啦…
……可是
可是什麼？
…

はッ
實？
カッ
噢哇啊！
ダッ
怎麼回事！
吉野（兄弟）!?

是說…
你幹嘛啦~~~
居然有這麼大的力氣
你不要太過分了!!
哥你…很遲鈍耶…!
?
怎麼說?
不要做那麼神經大條的事好不好…!

瀨戶大哥
喜歡你喔。
……
是這樣嗎？
算吧，

以朋友的……身分。
為什麼要說那種謊——
揪住
總之我想解開誤會，所以先帶他走囉。
噢。
※扛起
哇！

等等！
什麼!?
這是怎樣？
好可怕
瀨戶！
我也喜歡你喔。
雖然不是很清楚怎麼回事
我知道。
是說，其實可以不用講，
否則他又要誤會了。
咦、什麼
剛才的對話
嗯？

看起來像是那樣嗎？
很像。
難道不是嗎？
…
眼鏡還我啦。
什麼都看不見了
除非你認錯。
……我哪裡錯了？

因為瀨戶大哥，
你不是說我哥和菅谷交往這件事你「沒辦法」嗎？
還說那傢伙對我哥來說是特別的，
這不就表示你要放棄嗎!?
…我的意思是說他和男人交往是「沒辦法」的事。
可是，
明明重要的考試當前，你卻特地來我們家，
其實是因為你想見我哥吧!?
那不是你拜託我，所以我才去的嗎？
……可是！
最重要的是…
你看起來一直很寂寞啊。

哎……
要說寂寞，是很寂寞吧。
看吧!!
這也很正常啊，
我們從國二時就認識了，
大概是因為我們在一起最久吧。
結果這一切全都被那個乍看懦弱的陌生體育老師搶走了。
沒想到他竟然就是吉野一直掛在嘴邊的英雄，
出人意表也該有個限度
……瀨戶大哥你果然也是這麼想的呀。

但他說那傢伙是個很厲害的人，
所以一定就很厲害吧，只是我們不知道而已。
而且我對他也沒有那個意思，更從來沒想過要和那小子上床。
可是我哥…都變成同性戀了！既然能接受那種人，那我也行…！你不會這麼想嗎!?
你想把話題扯到哪裡去？
…我沒這麼想，
再說，我現在越來越不覺得寂寞了，

這樣不行嗎？
…為什麼？
為什麼呢？

飆淚
我……
可不是老哥。
我知道。
你、你也沒那個意思吧？

不過我
現在突然覺得
可以接受了。
對了，
你又
為什麼哭？
為什麼
會變成這樣？
這麼一想，

我才發現…
這一切全都有跡可循，情況也起了變化，
所以簡單來說，就是沒辦法。
啊～！

你居然剪頭髮了！
怎麼這麼突然!?
……反正也長長了。
噢。
幹嘛現在才剪？
人家苦口婆心勸你去剪頭髮，你都因為嫌麻煩而一直不去。

…
因為實說看得見臉比較好。
為何？實？
對吧
我…
……
我先走！
ヒュ
哇喔
……你…是不是對他做了什麼？
……做了一點吧。

你這混蛋做了什麼好事?
……
我…和他談了很多。
咚
啫!真的嗎!?
談什麼!?
需要這麼驚訝嗎?
因為你基本上非常不愛說話不是嗎?
你知不知道我至今為止為了讓你多說幾句話,下了多少苦功?
那小子真有一套呢。
是個強敵

我的害羞小甜心 第1話／END

我的甜心小惡魔de後夜祭

剛才我們說到這個，
我就說只會覺得噁心吧
會嗎？感覺很適合你呢
因為老師說有點想看，結果我就在文化祭上扮了女裝。
實和瀨戶在頂樓的時候
哎呀…不過我沒想到會是水手服。
你以為我會穿什麼？
咦…像是普通的洋裝啦…或是旗袍之類的啊？
說到女裝
啊哈
旗袍！
你喜歡嗎？
我不是這個意思
我隨便借了話劇社現有的道具服
不過啊～老師有穿過裙子嗎？
沒有。
超涼的耶！
感覺好像忘記穿內褲一樣，好沒安全感。
…嘿，
嘿──

盯
轉頭
小…
小心一點啦。
小心什麼?
當天晚上
吉野!?
從廁所回來一看
你、你…
那是

啊、老師，你回來了嗎？好早！
為…為…
為什麼又是這身打扮？
咦~？
因為想說老師或許會想要我穿成這樣做嘛。
我要送洗所以就順便帶回來了
那種事，絕對…
咦
不是嗎？
但是機會難得。
不！那樣真的有種犯罪的感覺！
身為教師
又說這種話？
雖然事已至此
什麼嘛~
說不定再也沒有這種機會了唷？

你……為什麼腿光溜溜的？
咦？我把腿毛剃掉了嘛。
因為女生很麻煩
你可以摸喔。
ガッ
我說你啊!!
不要做這種動作！
內褲都露出來了
唔哇！
驚嚇

咦？
啊…沒有…
我還以為…你的手會突然鑽進來，
嚇我一跳。
我果然還是…不習慣穿裙子，好難為情！
這需要有心理準備
我去換衣服，你等我一下…
咦！
是啊…
你今天一整天竟然都穿著這身衣服。
伸…

緊抓
等…
這種毫無防備的打扮…
啊！
老、老師…！
啊—
呼—
偶爾角色扮演一下真不錯～
好激情
忍不住做了…
你絕對不准把這件事告訴任何人!!
僅此一次，是我們之間的祕密！
好啦好啦。

END

我是瀨戶，請多指教。
那是頗具衝擊性的相遇。
巨人……
我的害羞小甜心

ハニー
honey
我的害羞小甜心
第2話

ジンハニー
Ginger

ずーん！
老哥國二的時候（我是小六），
帶來的朋友就是瀨戶大哥。
起初我很怕他，
你在害怕什麼啦～！
ドン～ン
呀啊
偷瞄
看呆
但當時，在我心中某個開關卻啟動了。
呵

※參閱前一話．我的害羞小甜心
身材高大、帥氣又溫柔，
而且頭腦也很好，
當然打架也很強，
我一直很崇拜這樣的瀨戶大哥，
於是在去年的文化祭上發生了很多事；
現在，
我們成了這樣的關係。

……
羞—
你還是很不適應嘛…
明明吻了很多次…
因、因為瀨戶大哥的…
舌頭…
ガチャ
※喀鏘
我回來了~~~
嚇一跳
你回來啦！
好晚呢！
喔~
我被逼陪人家聚餐——
你們還在念書？
不…我正要回去。
順帶一提，瀨戶大哥目前正一邊就讀大學，一邊擔任我每週兩次的家庭教師。

這樣啊
辛苦了。
我還沒有跟老哥提過任何有關我們的事，
由於感覺曝光之後，事情會變得很麻煩，因此我決定暫時瞞著他。
喔～
所以不要突然回來啦。
啊，對了～昨天謝啦，瀨戶。
啊～噢。
昨天？
發生什麼事了？
我跟職場上的前輩起了一點小爭執～
又把瀨戶大哥牽扯進去了嗎!?
因為那些傢伙不斷呼朋引伴過來呀？
一個個對付他們很麻煩嘛。
有瀨戶在一下就能解決
既然嫌麻煩，那就不要再打架了！
而且不關我的事！是對方自己來找麻煩的!!
厚～～～
所以我就說，老哥即使畢業了也完全沒變！
算了…我是沒差。

反正我也會有事需要他幫忙。
彼此彼此啦
瀨戶大哥你太天真了！
不過若是置之不理而釀成大禍，你也會很困擾吧。
話…話是這麼說沒錯…
再說，我也受過他之前幫我搬家的恩惠。
瀨戶大哥真的好體貼呢…
啊…
搬家…
也要謝謝你。
幫了我大忙
沒啦。
我也沒做什麼了不起的事
房間已經整理好了？
差不多。
那我可以去寶宅玩嗎!?
可以啊。
當然可以
公寓名稱感覺好喜氣
這個…星期天？
好。

NIMIS
白桃
瀨戶大哥從上週開始就一個人住了。
真好耶～一個人住！
如果可以的話，我也想試試看。
現在還跟老哥睡上下鋪
考試結束之後就馬上打工吧，
瀨戶大哥也說所有資金都是他自己存的。
因為明明可從自己家通學卻還是要搬出來
這樣一來就不會被任何人唸，想做什麼就做什麼。
看漫畫到早上也不會被罵
快點睡覺
還可以隨時找朋友來
而且，即使發展到像剛才那樣的氣氛，
也不用在意別人的目光…

這就表示，
驚
我們或許還會有更進一步的發展也說不定…？
唔哇
我剛才還很輕易地隨口說要去玩!?
他是不是想到那方面了呢!?
羞
不，可是，應該也不會突然就發展成那樣吧!!
瀨戶大哥他看起來也絲毫沒有異狀!
我想太多了吧，想太多了!!
DT
可是…？
不，想太多了!
我和別人交往這件事本身就是第一次，
嗶鈴鈴鈴鈴
來電
INCOMING
瀨戶大哥
09077
535
當時我完全是喜不自禁。
咦？星期日不能去你家了？

是啊，抱歉…臨時有點事。
啊…原來如此，我知道了。
抱歉喔…下週我一定把時間空出來。
嗯，沒辦法啦，不用放在心上。
那星期一再見囉，
好~
週一、四是家教日
嗶
什麼嘛，居然延期~
搞什麼，害我還想了一大堆~~~
結果還是想了
ばふ
想說萬一那樣該怎麼辦 萬一這樣又該怎麼辦
不過，也只是延後一週！

話說回來，
這不就好像
我正在期待
那種事一樣……
明明只是
要去玩……
好丟臉……
但是瀨戶大哥
偶爾對我做的
那個（接吻）～～
超～色的呀!!
會這麼想也是
情有可原吧!?
試著
像這樣把錯
推給別人
翻
滾
我聽到
老哥和老師在交往
的時候，
一開始
明明覺得難以
置信，
但現在我
也是不折不扣
的同性戀了…
我們自然而然地
發展成了
現在這樣的關係。

雖然不曾明確說出喜歡或類似的話語，
但瀨戶大哥他…是不是也想跟我做那種事呢…？
從外表看起來的感覺無法想像就是了
…
這些事我也無法問出口!!
真想再多了解瀨戶大哥一些。
沉默寡言這點也很帥沒錯，
跟他說話，他也會回答，不過基本上話很少
……
但要是他能再跟我多說說話就好了呢。
5/21 MON 17:51
啊～厚～遲到了！
都怪委員會拖太久！
瀨戶大哥已經來了吧

カン
カン
カン
原來老哥已經回來了，
那應該已經讓他進入家中，沒有教人家等吧？
啊 有聲音傳出
喀鏘
我回來…
對了，我昨天是不是把錶忘在你家了？
錶？
嗯，我應該是在廚房取下，然後就這樣忘記了。
咦…？
我沒注意，等我回去再看看。
拜託你了～
他說昨天……

星期日…
老哥你去了瀨戶大哥家嗎？
唔哇
實!?
嚇我一跳！不要無聲無息地進來啦！
瀨戶大哥所說的昨天的事情是指…
啊…
不妙…你都聽到了嗎？
咦…
可是，那我一起去也…
ぱっ
你先安靜一點。

瀨戶！
你可不准說喔！
我們說好了
他急什麼……？
……好。
……
什麼？
不准說喔～
到底是怎樣？
這是怎麼回事？

你們兩個做了什麼？
…啊——
小酒館
愛
所以這個…
我不能說…抱歉。
怒
是那種重要到不惜放我鴿子也要優先處理的事嗎？
…
現在雖然不能說，
不過，改天會跟你解釋清楚。
……
……我知道了。
還有…我昨天本來和你有約這件事，不要告訴吉野。
為什麼？
超令人在意就是!!

要是告訴他，我和你的事就曝光了。
？
…怎麼好像又說到這個了？
是啊……
知道了啦…
我才不知道！
儘管清楚他們兩個感情很好，但是，
總覺得啊……
我一點也不開心。

早安～
早啊～
噢，實…吉野，早安。
老師早！
!?
我是不是又做了什麼!?
遷怒他人
說起來，都是因為老師在假日棄老哥於不顧，才會這樣。
我知道朋友很重要，
吉野你怎麼了～？
臉色好難看
肚子餓了嗎？
友
也不想讓瀨戶大哥感到困擾，
所以假裝自己很明事理……
可是，這種感覺實在有夠差。

唔哇！
還在不高興？
我都說我回來了
不——悅
怎樣啦，還在氣我們把你排除在外嗎？
這也沒辦法啊，我也有我的苦衷！
誰管你有什麼苦衷啊！
你又什麼都不告訴我！
叩
鏘啷
哎、呀！
寶宅
103

糟糕。
要是弄丟會挨罵的
那個…
是瀨戶大哥家的鑰匙…？
咦…
你在說什麼？
剛才那上面寫的是實宅吧！
為什麼老哥會有瀨戶大哥家的備用鑰匙!?
啊…就說了…有苦衷嘛…？

改天一定會全部都告訴你，
好嗎？
那個時候，
我突然想到了很可怕的事。
雖然相信絕對不會發生、也絕對不可能，
可是在我心中的某個角落卻一直耿耿於懷，覺得或許不是毫無可能。

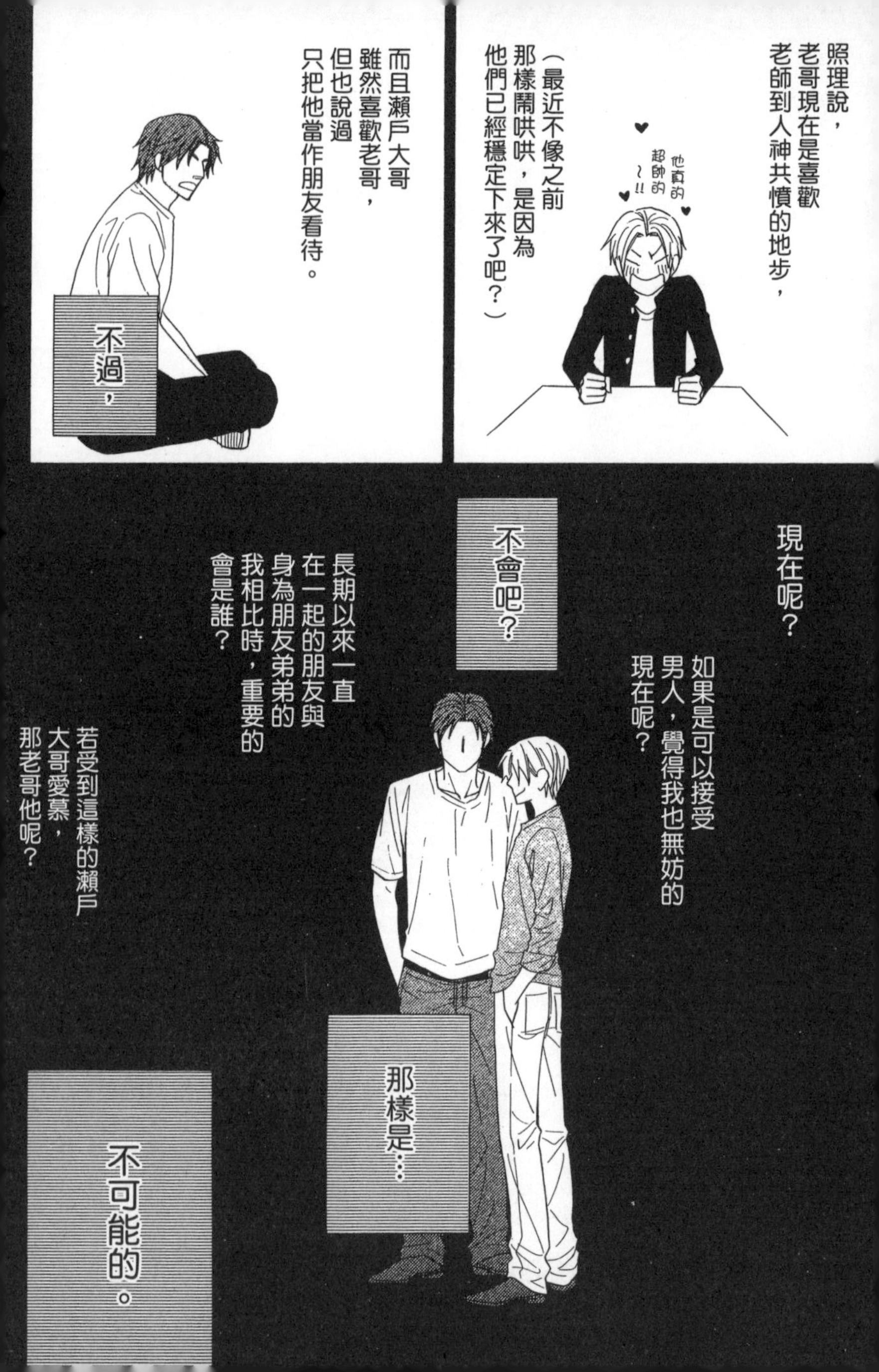
照理說，老哥現在是喜歡老師到人神共憤的地步，
他真的超帥的~!!
（最近不像之前那樣鬧哄哄，是因為他們已經穩定下來了吧？）
而且瀨戶大哥雖然喜歡老哥，但也說過只把他當作朋友看待。
不過，
現在呢？
如果是可以接受男人，覺得我也無妨的現在呢？
不會吧？
長期以來一直在一起的朋友與身為朋友弟弟的我相比時，重要的會是誰？
那樣是…
若受到這樣的瀨戶大哥愛慕，那老哥他呢？
不可能的。

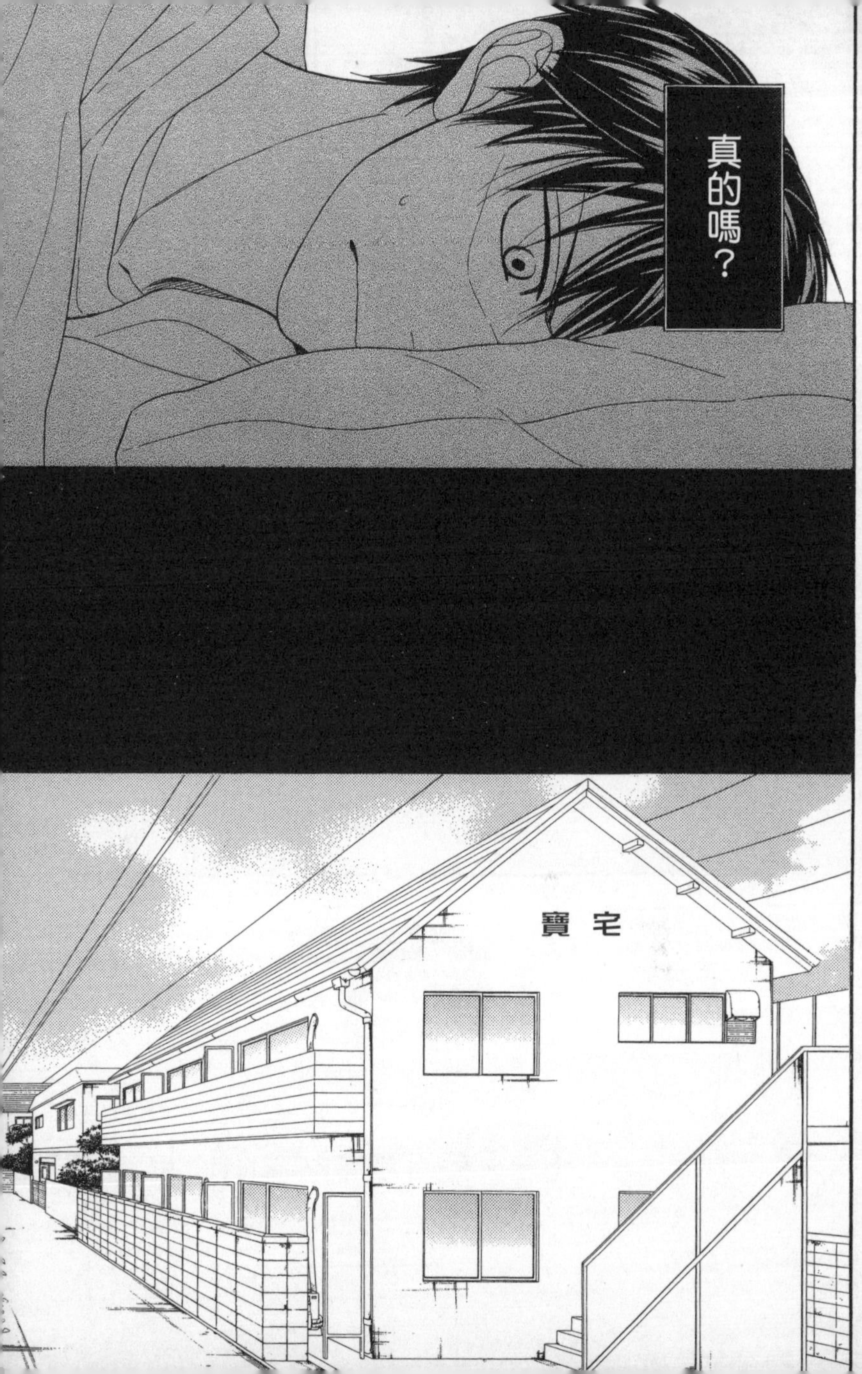
真的嗎？
寶宅

寶宅
怎麼辦…
忍不住過來了…
我等不到下一個家教日…
用電話問還不如直接見面…我是這麼覺得。
但是要問什麼咧!?
問他跟我比起來，他果然還是比較喜歡老哥嗎？
好可怕！我不敢問!!
而且，也不知道他現在是否在家…
從外面稍微
探探情況
他說過只有週六、日才要打工送貨，
不過大學最後一堂課結束得好像比較晚？
他今天會幾點回來…
喂，瀨戶！你過來一下！

這個聲音…

※怦咚

我們的事
先瞞著吉野。
提出…
這個要求的人是
瀨戶大哥。
我的害羞小甜心
當時我心想，
的確，
萬一被發現，
一定會被追問我們
是從什麼時候開始交往
或為什麼會變成這樣，
所以我不以為意地贊成了。
但若他真正
喜歡的是老哥，
當然會這麼說吧，
為什麼我
那個時候
沒有察覺到呢？

我的害羞小甜心
ジンジャーハニー
Ginger honey
第3話

嘈雜
嘈雜
要去買午餐嗎——
呆——
……
湧淚

都做過那種事了，
我一直以為我們正在交往。
可是仔細想想，瀨戶大哥從來沒有說過他喜歡我…
會經常見面，也是因為家教的關係…
不然的話偶爾去吃飯…那種事從以前就在做了…
「搬家!?好啊，我幫你！」
家具可以由我來選嗎!?
「好啊，拜託了。」
虧我還一直很開心，結果全部都是我會錯意了嗎…
…
…今天有家教課，真不想見他…

…
新增訊息〈編輯〉
收件人 瀨戶大哥
標題 今天的家教課
內容
我身體不舒服，請讓我請假。
…嗯？
嗨，實。
哇啊！
嗶
你在這個地方做什麼？
真難得
啊…
傳出去了……
你一個人吃便當嗎…
咦，難道是被霸凌
？
才不是

真的嗎？
可惡…別在不該出現的時候出現啦。
啪嘰
簡訊…
算了，反正就算見面，大概也沒辦法正常說話。
喂，實！
什麼事啦！
你很煩耶
…你最近脾氣真的很大耶。
我是不是真的做了什麼？
…沒有。
沒有的話，你會擺出這種態度？
我還以為最近這陣子，你比較能夠接受我了。
就算我去找你哥你也沒有意見
如果不是因為我，那就是你和吉野發生什麼事囉？
驚嚇
可是吉野完全沒有提到你的事啊。

前天見面的時候，他也笑嘻嘻的。
那是因為他和瀨戶大哥進展順利吧。
啊、說到這個，前幾天他第一次做飯給我吃，
那傢伙廚藝很好呢！
聽說他在家一直有在做飯？
這傢伙是怎樣啊？
是說，你也是當事人吧!?為什麼還這麼悠哉呀!!
你哥還真厲害耶。
你還有心情曬恩愛啊
老師，
我哥現在，
正在和瀨戶大哥偷情喔。
咦!?
你說什麼!?
快步走
喂，實!?

他們抱在一起!?
噓!
在哪裡…
……瀨戶大哥家。
我不會再逃了 請你放開我
瀨戶家~?
…
那個…現在才偷情，不嫌太晚嗎？
吉野那傢伙不管對誰都會有激烈的肢體接觸
畢竟是朋友當然也會去他家吧
話是沒錯啦！
但是感覺不只這樣啊！
唔——
那是怎樣？
怎樣啊……
不但放我鴿子
而且還瞞著我 兩人偷偷見面

老師~
吉野一直都是那樣吧。
…那就直接問吧。
既…
既然你覺得我說謊，那直接去問本人不就好了！
居然毫不猶豫，明明自己很有可能被騙。
喔，吉野？
是啊，我也在午休。
怦咚
嗯…我有件事想問你一下，
你現在是不是有什麼事瞞著我？
怦咚
怦咚
怦咚
——咦？
你…！
什麼為什麼，
你真的有事瞞著我吧！
那件事跟瀨戶有關嗎!?
什麼不能說…
啊、
喂！

嘟—
嘟—
嘟—
嘟—
吉野劈腿？不會吧，這怎麼可能，可是他那麼可愛
……
老…老師？
…好，我們去確認。
唉！
怎麼確認？
要捉姦在床，
既然他說不能說～
我不喜歡像這樣平白無故起疑心。
他們下次什麼時候見面？
我哪知道。
是嗎？
那他們一有什麼動靜，就立刻聯絡我。

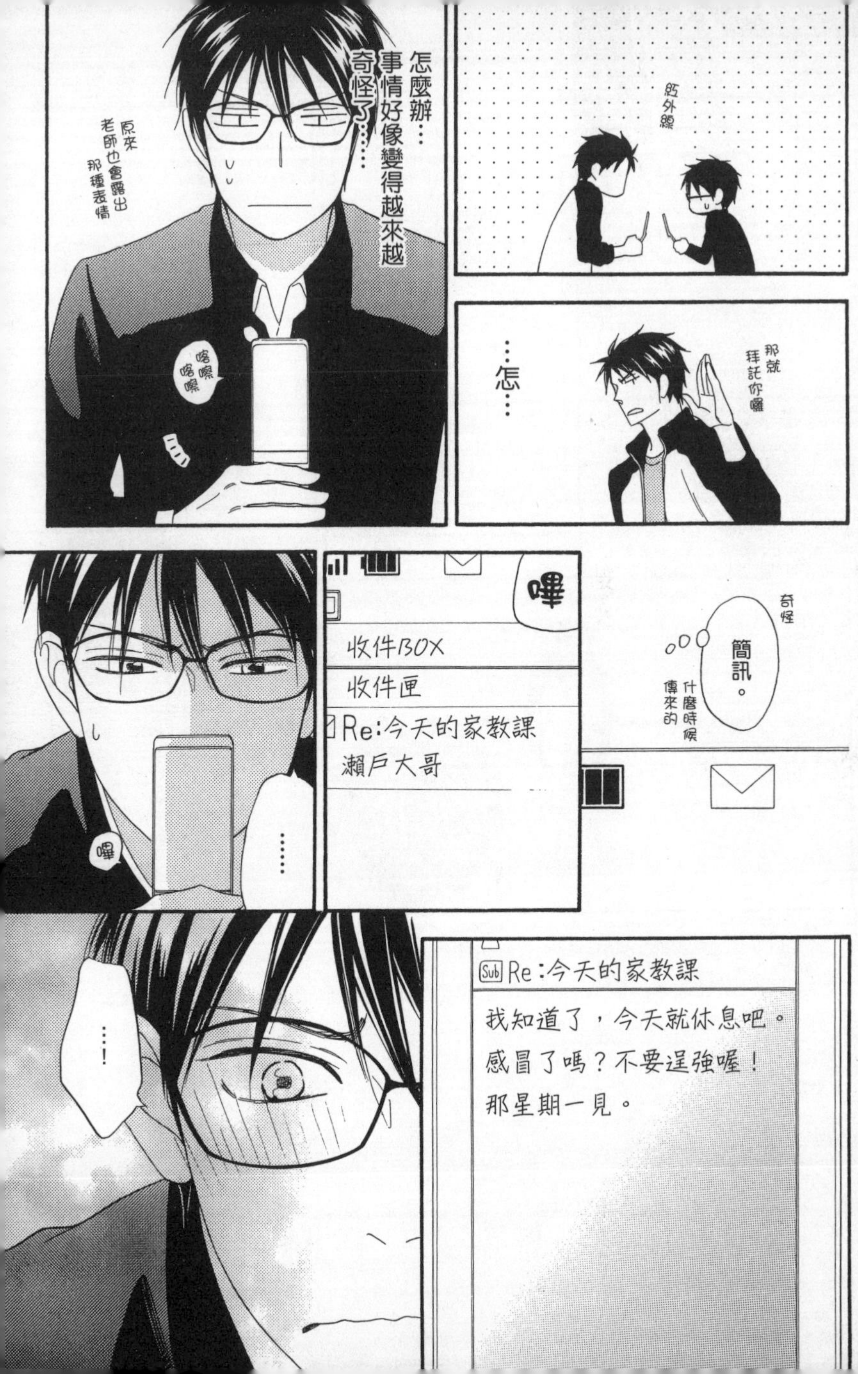

脫外線
那就拜託你囉
…怎…
怎麼辦…事情好像變得越來越奇怪了……
原來老師也會露出那種表情
喀嚓喀嚓
奇怪
簡訊。什麼時候傳來的
嗶
收件BOX
收件匣
Re:今天的家教課
瀨戶大哥
嗶
……
Sub Re:今天的家教課
我知道了，今天就休息吧。
感冒了嗎？不要逞強喔！
那星期一見。
…!

什麼嘛！
你不是騙了我嗎!?
別對我這麼溫柔…！
震震震
又來…？
收件匣
12/5/24
老哥
Sub 還在生氣嗎？
今天要去瀨戶家一趟，
所以會晚點回去。
也幫我跟老媽說一聲喔
不要一直不理我嘛
我的家教課一取消，居然立刻就要跟老哥見面！
老師！
箏箏！
這算什麼!!
管他三七二十一!!
寶宅

那間嗎……
總覺得之前好像也發生過這種事……
就是一樓…那個開著燈的房間。
喔…話說回來，
仔細想想，你為什麼不喜歡他們兩個見面？
咦！
緊張
你不是覺得你哥既然要跟男人交往，不如選瀨戶還比較好嗎？
吉野的跟班全都這麼說就是了
……
情況改變了。
唷…你的意思是說，你還是認同我了？
有夠正面思考哩

不是嗎？
那是怎樣？
如果你和瀨戶
有一腿什麼的，
我還能理解
……
臉紅
咦！
咦!?
真的嗎!?
這麼大聲會被
發現吧！
這件事
現在不重要。
不
很重…
啊！
咦？

你們兩個…
到底在這裡…
むわっ
※撲鼻
!?
…老、
老師!?
你怎麼在這裡
實!?
這是什麼味道?

好甜…
……
…咦？

也就是說，
老哥你在這裡，
是為了老師的生日而在練習烤蛋糕…？
…對啊。
我的確是在這週末生日
…怎麼會這樣…!!?

老師上個月為了在我的生日給我驚喜，不是花了很多心思嗎？
誰會知道啊
那件事讓我超開心，所以我也想為老師做點什麼。
可是你幹嘛把老師帶來啦，實！這下不是都白搭了！
明明跟你說改天會告訴你！
還、還不都要怪老哥你和瀨戶大哥一直偷偷摸摸的吧!?
為什麼你就不能等到下星期！
我哪知道那個改天就是指下星期!!
如果是這樣，只要老實跟我說清楚，我就不會告訴老師啊!!
笨蛋！
所以我不是說這是驚喜嗎!?
你去學校不就會遇到老師！這樣很可能會不小心說溜嘴啊！
你倆兄弟
不要吵架啦～
小心還要再小心！
泡壺茶好了…
另外，這裡的烤箱又新又好用
是嗎～
瀨戶大哥呢…？
因為
我被下了封口令。
!!!
真的假的…
我就是為了這種事而一直在煩惱嗎…？
有夠瞎～

哎呀～但是
烤蛋糕意外地困難耶！
蛋糕體一直沒辦法順利膨脹
不過昨天！
終於順利成功了！
對吧！瀨戶！
我覺得我已經掌握住訣竅囉。
今天也沒有失敗
昨天他們抱在一起就是因為這個緣故吧
實在有夠丟臉呢…
…哎，不過，
…老師，
真是太好了。
你不是和瀨戶有一腿…
什麼!?
那是怎樣？
啊！說得這麼直接
聽到你們偷偷見面，我就在意了起來，
我不該懷疑你的。

那怎麼可能嘛……！老師不知道我對你是一心一意的嗎!?
知道…謝謝你。
是說，你根本不用練習烤什麼蛋糕呀。
因為人家希望你說好吃嘛！
對於你做的東西，我不會有半句怨言。
唬…
拜託…
バン！
※砰！
GO HOME
要打情罵俏就給我到別處去。
不要這麼小氣嘛！
哎呀哎呀
也對，回去吧。
真抱歉喔，突然跑來。
一掐

蛋糕才做到一半
那個表情是怎樣？
拓我是什麼意思
剩下的我再隨便幫你弄一下
啊、對了，那備用鑰匙也先還給你。
反正也用不著了
喔。
打壞了～
啊
鑰匙也是因為那個…
啪噹

你……
不是身體不舒服嗎？
!!
……對不起，我說謊。
…
為什麼？你應該不會要跟我說，你也在懷疑我們吧？
……
唉—
這件事…
我之前不是也否認了嗎？
為什麼你又…
怎麼辦？他傻眼了…？
因為…

我的家教課一取消，你好像就馬上要和我哥見面…
忍不住就…
就算我不在，那傢伙今天一樣會在我家烤蛋糕。
所以才會把鑰匙交給他
好像是這樣呢
時間點真是太不湊巧了吧！
只是這樣嗎？
……
幾乎都已經解決了
…我…不是很了解瀨戶大哥在想什麼嘛。
我在想什麼？
因為…
瀨戶大哥做事總是從容不迫，又很酷，
好像只有我拚命在喜歡瀨戶大哥。

說什麼傻話，
我也很拚命啊。
…咦？
…不對，說拚命可能太誇張了，
但我也是很努力的好嗎？
…努力？哪裡
哪裡努力……
……例如外表。
在和你見面之前，我都會把鬍子刮乾淨…
雖然現在有鬍碴

咦…？
剪髮也是…之前頭髮長長，我都是自己隨便亂剪，現在卻是兩個月去剪一次。
我是不知道你…喜歡我的什麼地方啦，
before
after
但跟我之前的外表比起來，你好像比較喜歡現在的我，
所以別看我這樣，我也是很努力在維持。
…你是說，你有在努力嗎？

……嗯，雖然就這點程度啦。
啊
你誤會了！我不是那個意思！
咦，
我的確是說過很多剪頭髮比較好，
或是刮掉鬍子比較好之類的話。
……瀨戶大哥，
你不管怎樣都很帥氣啊……？
這個人……

…真的假的？
難道超乎我想像地喜歡我嗎？
啊，抱歉…我突然很想試試看……

我……
說你啊……！
哇！
不會吧，對不起！
有這麼罪該萬死嗎!?
呼
嗯……

呼…
呼
呼
亂
揉
我也是超努力才能忍耐地止步於此，
別挑逗我！
咦
你在忍耐嗎!?
為什麼!?
…因為光是這樣，你就全身無力了。
你真的要快點適應才行
唔—
原來是這樣啊…

對了
這麼說起來，上個星期日你以我哥為優先的事……
那個啊，
呼……
算是優先嗎……
我說距離弘滿的生日沒剩多少時間，要他自己看著辦，結果那傢伙不聽……
說著說著，他就問我是不是女朋友要來，還說這樣反而正好，要讓她試吃說感想。
我聽到他這麼說就立刻要他回家
老哥…
可是啊，瀨戶大哥，
我們的事不保密到這個地步會很不妙嗎？
要是我來了我們的事說不定就會曝光…
雖然我也覺得會有很多麻煩啦

…很不妙。
是嗎？
是的，很不妙。
這麼不妙？
然而事後，
老師主動對老哥爆出了我們的事，
忘記封口了…
什麼!?
這是怎麼回事 我沒聽說啊
喂！是不是不能說？
我才發覺他所說的「不妙」，和我想的不同。
寶宅
…正在交往……
女朋友…
你們…
是說，實，

你知道這傢伙的真面目嗎!?
他超好色的耶!?
喂，住口。
癖好感覺也很變態！
是說，他應該不會已經對你做出奇怪的事了吧!?
我沒做，別說了。
不准說我變態
啊
你搬家該不會就是為了要和這小子上床吧？
畢竟在老家沒辦法做嘛！
閉嘴
算我拜託你
他就是想瞞我這些事嗎…？
看來，瀨戶大哥似乎還有許多我不了解的事。
不過，不那麼帥氣的瀨戶大哥，
感覺也很可愛，
我很喜歡。
不知道我這麼說，
他會不會生氣？
嗯？
我的害羞小甜心 第3話／END

我的害羞
小甜心

我的害羞小甜心

我的害羞小甜心
ジンジャーハニー
ginger honey
第4話

我們初次見面是在
實還是
小六的時候，
瀨戶大哥！
瀨戶大哥！
當時我對他
頂多還只是小狗
小貓般的認識。
然後那一天，
去年的文化祭，
我突然
覺得他好可愛，
心想原來這小子這麼
喜歡我啊，
於是忍不住出手了。
之後過了
九個月。
103
瀬户

這個很好吃
啊、這不是我們今天去過的地方嗎？
從商店街出來—
對耶。
經過電視報導，八成會很擠吧。
幸好我們今天先去了。
嗯
拉麵也好吃不過蛋也超讚
現在我和實，
在每週兩次的家教課，
和週六、日我沒有打工的時候一定會見面。

而且今天還終於看了電影呢。
什麼叫做終於？
你從那麼久以前就想看了嗎？
竊笑不已
不是啦，
總覺得今天一整天好…好像在約會，
我好開心。
因為是看電影和吃飯耶！不覺得很棒嗎？
強拉

怎麼突然…
需要開場白嗎？
呼
呼
呼
呼
喀鏘
！

咦！
摸索
摸索
等等…
哇！
顫抖
伸
瀨…
瀨戶大哥…
不願意嗎？
緩緩
不、
不是不願意，
緩緩
但…
我沒有被別人摸過，
顫抖
啊！
…！
嗯！

——打擾了。
明天打工要加油喔
好，…真的不用我送你嗎？
搖晃…
不、不用！沒關係！
我騎腳踏車來
……
？
那個…
剛才的…
很舒服，謝謝。
嘎嚓
那我走囉！晚安！

啪嗒
……
※撲倒
ボフ
那是怎樣？不妙啊。
實在太可愛了，超乎我的想像。
說謝謝是怎樣啦！
而且還說是第一次
由於我和實認識很久了，
所以很難…找到適當的時機，
最近好不容易才慢慢有了進展。
還有他老哥的監視…
瀨…
瀨戶大哥……！

慘了。
好歹下一次可以讓我做到最後嗎…？
我──
抱著這樣的邪念打工，結果就受傷了。
咚～！
天啊～瀨戶！
不是跟你說要倒車嗎～
宅急便
就是這樣，據說痊癒要一個月。
唔──嗯

…什麼據說…講得好像事不關己一樣…
你是被貨車撞到的吧？
不要緊嗎？
既然這樣，家教課也停掉就好了。
或者說我去瀨戶大哥家也行啊
反正我大學還有課，
腳踝以外的部位都很好
我也有話要順便跟你哥說。
什麼？
沒有啦…我突然沒辦法打工送貨，所以公司叫我找人代班；
他週六、日放假，所以想說能不能拜託他。
不過如果他沒辦法我也可以找有空的學弟
這份工作，

我能勝任嗎？
咦…可是很辛苦喔。
我不行嗎？
也不是…不行啦。不過，
很瘦弱
有時也要送大型貨物
你們升學班不是要念書嗎？
我目前的成績很穩定，
而且我只在我家的店裡幫忙過，所以很想試試看其他的打工。
…你確定嗎？
嗯！
※吉野家的一樓是店面（小酒館）
我會加油的！
瀨戶大哥你就好好養傷吧！

被他那麼說，根本無法拒絕！
就這樣，我週六、日閒了下來。
那就拜託了…
嗯！
本來…
還想說難得週末有空，可以讓實住下來，慢慢地那樣再那樣。
為什麼會變成這樣
是吉野的詛咒嗎…
不准對實做奇怪的事
不過我也不忍心潑他冷水，
畢竟那小子基本上做任何事總是全力以赴。
我從今晚開始要先鍛鍊體力
不需要這樣啦
這一點也…

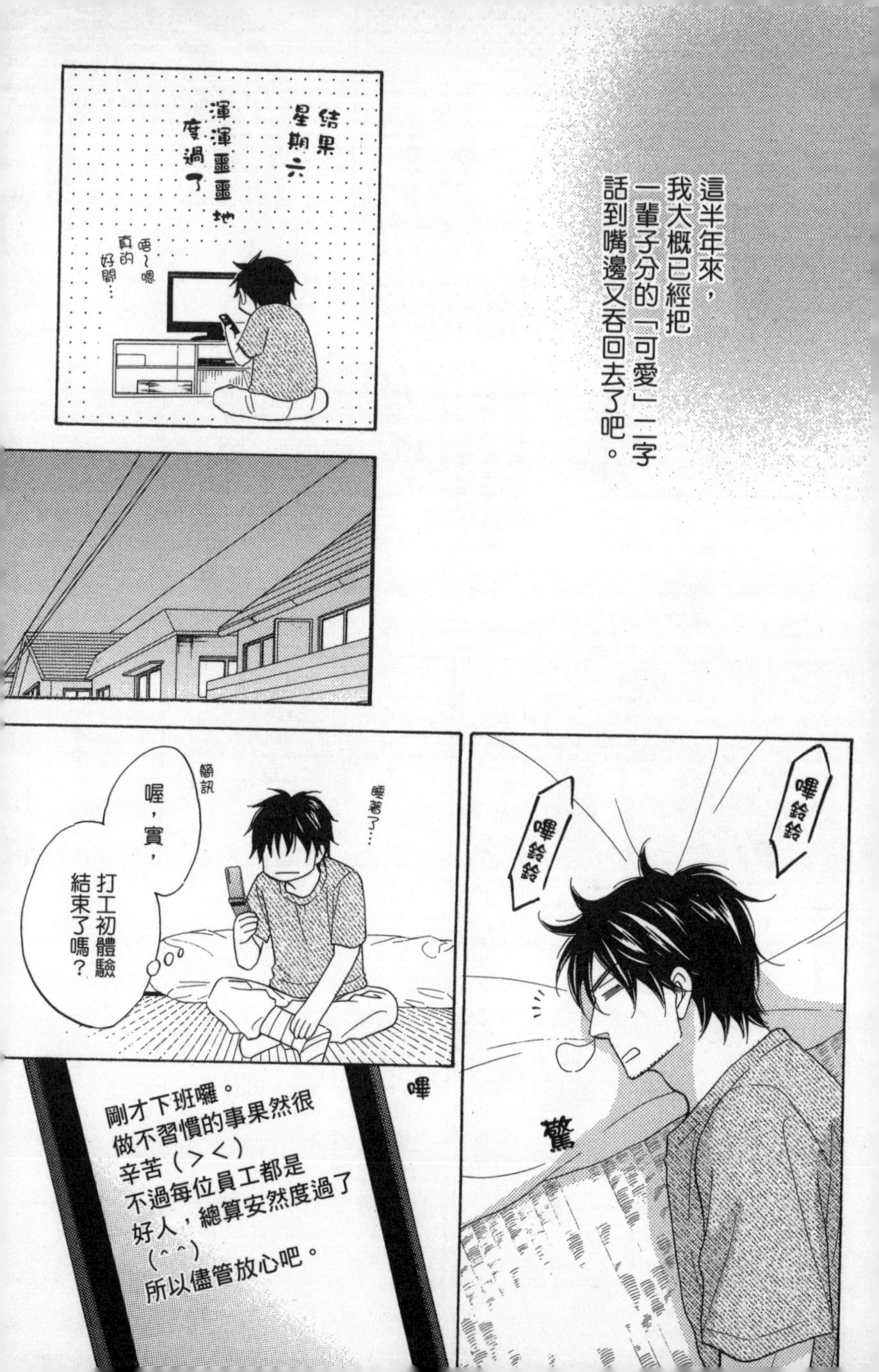
這半年來，
我大概已經把
一輩子分的「可愛」二字
話到嘴邊又吞回去了吧。
結果
星期六
渾渾噩噩地
度過了
唔~嗯
真的好閒……
嗶鈴鈴
嗶鈴鈴
驚
睡著了…
簡訊
喔，實，
打工初體驗
結束了嗎？
嗶
剛才下班囉。
做不習慣的事果然很
辛苦（＞＜）
不過每位員工都是
好人，總算安然度過了
（^^）
所以儘管放心吧。

這樣啊
嗶啵
唄啵
「辛苦了。」
嗶啵唄
「覺得吃力就馬上拜託別人，不要勉強。」
然後到我家來吧。
嗶鈴鈴
「我沒問題啦！明天一天也有排班，所以我會努力的。」
唔—我好閒…
實他…
好像意外地很堅強。
昨天有夠累的~升降梯壞掉害我爬到8樓
或許是因為我們從小就認識，我一直以為必須再給他多一點保護才行。
但他也是男人，
勞動身體可以轉換心情真不錯呢
個子也越來越高了。
然而…

對了，瀨戶大哥。
嗯？
領到這個月的薪水之後，下次就由我來請客，要不要再去哪個地方？
喔，好啊，「約會」是吧？
羞
被瀨戶大哥這麼一說…好害羞喔！
為什麼啊
可惡，好可愛。
加油吧！
是的，

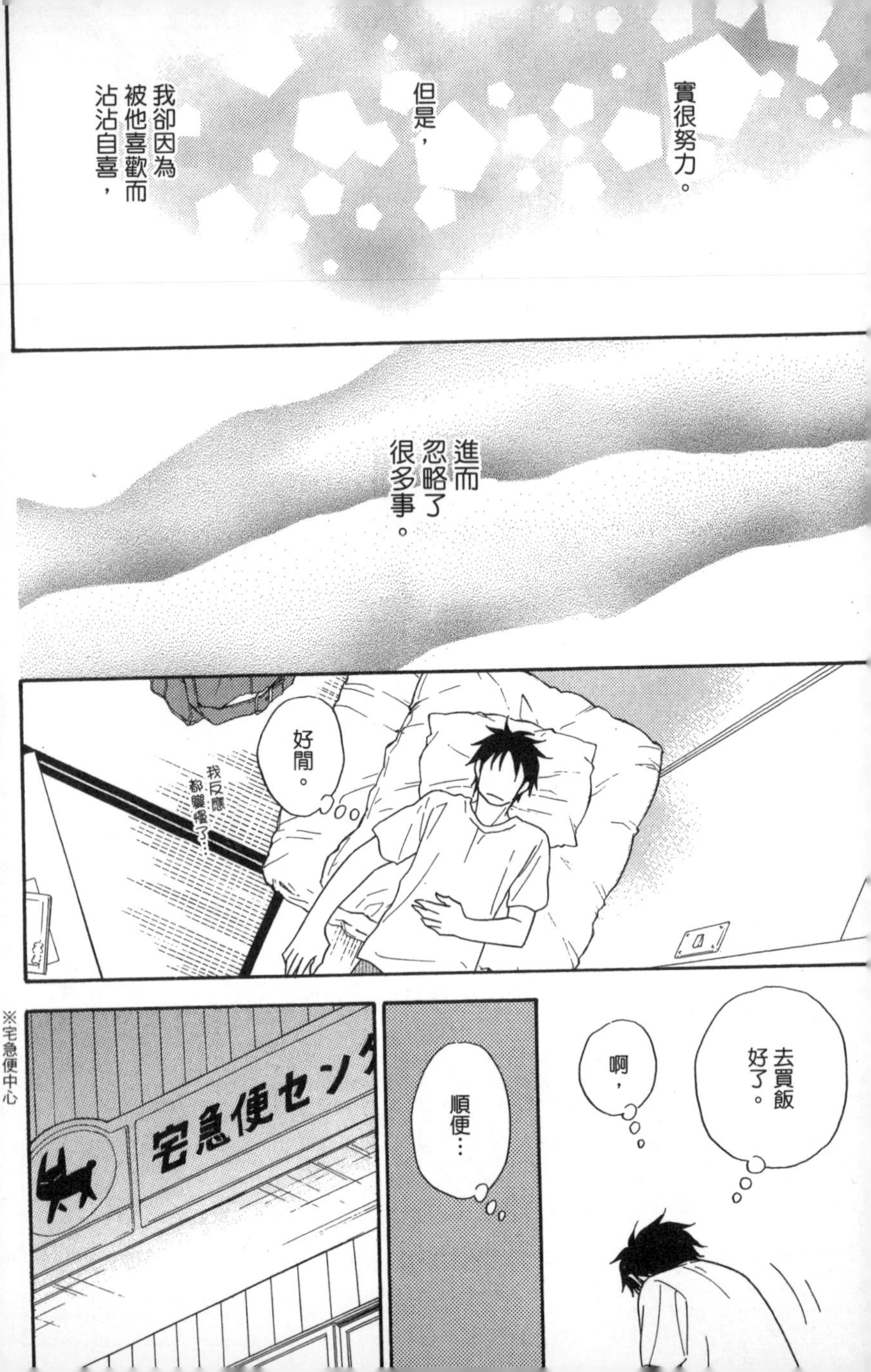
實很努力。
但是，
我卻因為被他喜歡而沾沾自喜，
進而忽略了很多事。
好閒。
我反應都變慢了……
去買飯好了。
啊，
順便…
宅急便センタ
※宅急便中心

稍微看一下情況。
啊啦瀨戶
辛苦了
ガシャーン
※喀啷
唔哇！
混蛋，不是叫你給我拿好嗎!?
啊～是誰？闖了什麼禍？
不要找藉口！
對不起！不小心手滑了。
如果這是包裹，可是會被追究責任，你懂不懂啊!?
是！對不起…
只會道歉的話，小孩子也辦得到！

受不了，真是沒用耶！
體力也不好 給我認真一點～～
──!?
真的很對不起！
大家都很友善 沒問題的啦──
工作得很順利喔──
!?
驚嚇
奇怪，瀨戶？
你怎麼會在這裡？
……啊。
?

喀叩
腳步沉重
喀叩
……
請問……
該不會是…員工打電話過去了？
為什麼？
抱怨我的事…什麼的。
例如居然介紹這種奇怪的傢伙這樣
不是，他們沒打來；
是我去買飯，順便露個臉而已。
嘎沙
……
我也買了你那一份，
順道來我家吧。

靜——默
寶宅
唔嗯…
不吃嗎？
你應該餓了吧？
…嗯。
咀嚼
啊—
不用把挨罵的事放在心上，
一開始大家都是這樣。
辛苦你了，
謝謝你替我代班。
湧淚

怎…
沒什麼好哭的吧…
對不起！
咦？
我…說想要打工…是騙你的。
其實我也想被瀨戶大哥依賴，
因為每次…都是我受到你的幫助，
哪怕一點也好，我想好好表現給你看，
可是…事與願違。

我⋯
完全幫不上忙，
對不起。
瀨戶大哥復職時，
萬一被罵就⋯對不起⋯！
因為這個!?
你⋯

這樣不行，
居然會到這地步。
唏！
對不…
你生氣了…？
不是，不是這樣啦。
我並沒有在生氣
緊抱
你實在太可愛，嚇了我一跳。

啊，完蛋了。
說出口了。
嗯，不過，這是事實。
抖動
抖動
…嗯？
拉開
哇！啊！
!?你還好吧？
咦!?

バッ
對、
對不起，
好像是…
因為（哭得）太激動了…
吧？
是說，我很奇怪吧！
哈哈
為什麼在這種時候…
啾
你想起…
上次的事了嗎？
ドサ
哇！

啊……
啊！
摸……
咦!?
……我會慢慢來。
唔、嗯，沒關係，
請便。

你…真是有夠可愛！
胡、胡說什麼！
請便是怎樣…
不要說奇怪的話啦
什麼嘛，
我原本一直覺得「可愛」對男人來說不是讚美，

不過
說說也無妨吧。
咕啾
咕啾
咕啾
咕啾
嗯！
顫抖
顫抖
……！

看起來好像不痛，但是……
用手指……
這個緊窒的程度……
不管怎麼想都很勉強……
吁
吁
要……進來嗎？
咦！啊～……
啊——那就……
濕滑
……瀨戶大哥，
這…這是…！
嗯？
腿合起來

濕滑
濕滑
這樣沒關係嗎…!?
喔。
今天暫時先這樣
ぐぐっ
啊!
啊!
ぐちゅ
ぐち
等等……
這麼激烈，我會…
ギッ
ギッ
啊，啊…!
抖
抖

吁
你看
又只有我～～
我也很舒服啊。
真的嗎？
緊抱
要對我做什麼，都可以喔。

事到如今，我才覺得……
實喜歡我真是太好了。
緊抱──
啊──可惡，真教人難以抗拒……！
但……
我那滿腔的愛意，
好可愛。
打工的備品
騙人！
果然很奇怪吧 而且這種打扮不太適合我──
都沒有表露在臉上，所以他不太相信。

我的害羞小甜心 第4話／END

我的害羞
小甜心

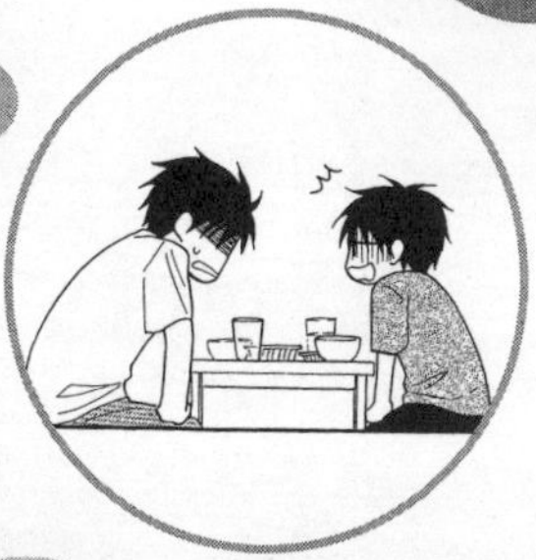

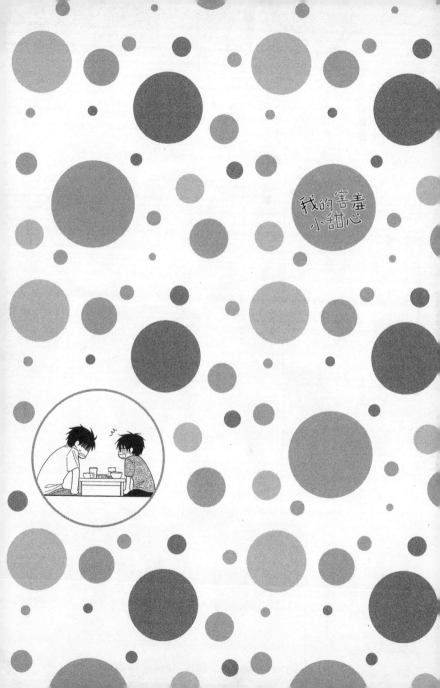

萬聖夜♥
From「我的甜心小惡魔」
為什麼非得穿這種服裝不可啊！
因為客人會開心啊～
哥→
大家每年都很期待呢～
母
拜託啦，實！
只要稍微露一下臉就好。
※in母親的店
可是…！
老哥的那套比較帥吧，
為什麼我要穿這個…
我兩年前也是穿那套喔。
因為已經穿不下了所以才沒穿
你偶爾也要幫幫店裡的忙吧。
…今天，
我要上家教課，所以只穿到瀨戶大哥來喔～
OK～
耶～
因為這個緣故，我在二樓(自家)換衣服。

嘎嗒
果然很土…
實…
實…!?
門開著…
我提早來了…
瀨…
瀨戶大哥…!
這是那個…
不給糖就搗蛋!!
…的服裝…
不給糖,
唔!
就搗蛋…
你要搗什麼蛋?
結果那一天實根本沒有到一樓來。
咕~
那小子開溜了吧。
是不是瀨戶同學已經來了呢—
END

接下來是
我的害羞小甜心
第1話中我的
後續故事
是也！

幾個月前——
剛好是文化祭之前的事，
我和老師都手忙腳亂，每天頂多只能在學校擦肩而過。
我今天要回老家一趟，會經過你家前面，能見個面嗎？
在這種時候，
一旦久違地好好說上幾句話，
便覺得意猶未盡，
因而情不自禁在外面激動起來，
雖然只有接吻。
結果卻被我弟弟・實撞見，
我的甜心小惡魔

從那之後，老師
就不是普通的
謹慎小心。
我的甜心小惡魔
デビルズ
Devil's honey
ハニー
吉野漫長的一個月

吉野。
喂，吉野，
快起來，已經8點了。
…啊～我睡著了？
睡了一下，30分鐘左右。
你差不多該準備回去囉。
坐起
據說今晚會下雪快回去吧——
滾來
滾去
喂、喂。
人家不想回去～～

不行。
今天就到此為止
明天不是星期日嗎？今天不回去沒差吧？
我可是一早就有社團活動。
到時候我會一起出門。
不~可~以。
不是說過好幾遍了？
在你畢業之前都不能留下來過夜！
總之，
我不做會被人懷疑的事就對了！
就是這樣，
他原本有時候就很死腦筋了，
被實發現之後更是如此。
必須更加繃緊神經才行！
要是在這種狀態下被大眾發現就慘了
總之在學校沒有重要的事就不要見面吧，
我也會盡量不去你家。
打招呼姑且不論
也不能再到體育倉庫見面了
咦~!?
那我們要什麼時候、在哪裡才能見面啊！
我們學校的學生也都不住這一帶
這個嘛…週末在我家的話…
只有週末!?

平日我都會因為社團而晚歸，你晚上不是也要幫忙家裡嗎？
…是沒錯啦，但老師週六、日不是也有社團活動嗎？
對啊～所以就在沒有活動時…
…
外出原本就NG，老師好像也不喜歡我為了前來過夜而欺騙母親，所以NG。
實在是太少了！這真的是最好的作法嗎！？
半天轉眼就過了！
搞了半天，結果可以在一起的時間只有每週一次，頂多半天。
不要這麼氣嘛。
我也很希望再想想有什麼辦法，
但是被發現就必須分手，那樣我更不願意了。
也是啦。
再說，這個情況也只要再忍耐一個月；
都走到這裡了，再努力一下吧。
是啊，

現在已經是2月，
換句話說，就快要到3月了，
畢業季即將到來。
啊，下雪了
畢業之後，教師與學生這道麻煩的枷鎖便會解除，
我們…總算…
終於可以毫無顧忌地交往了。
到時候，就算不再像這樣只為了看一眼老師而來上學，
也能更正常地和老師見面了。
已經是三年級了
可自由到校期間

老師的課是下一節嗎？
唉——
還有一個月啊，好像一轉眼就過了，又好像很漫長似的呢。
震震震
不過想到只能在週末去老師家的情況僅剩三次，就感覺過得很快的樣子。
喔，是老師
12/02/29
菅谷俊光
抱歉
這週和下週我都排了計畫，
要陪學生入學考，整天都不行。
還有3月第一週的六、日要準備畢業典禮，
照這個情況看來…
這也沒辦法吧，
畢竟是他的工作。

我知道啦！
所以我回他說「我了解」
可是，這不就表示我從現在開始的一個月都完全不能跟老師見面了嗎？
說的也是。
你不覺得很過分嗎？
一週見一次已經是我很大的讓步了！
居然說要一個月！
你是有所覺悟才跟他交往的吧？
是熬過這一個月，獲得自由呢？
還是無視弘滿設下的安全網，讓你們的關係曝光，害他變成罪犯呢？
看你覺得哪個比較好。
……你很壞心耶。
文化祭之後開始的↓
唉～變得好閒，你代替他陪我玩啦。
趴地
我六、日要打工。
咦！你平日不是還有兼實的家教？
六、日也要打工？
是啊。

結實
摸摸
摸摸
…不對，不是這樣的肌肉…
應該要更像標本～
喂。
不要用這麼噁心的摸法
喀嚓
什麼～
我回來…

！
…你們在做什麼？
喔～你回來啦…
グイッ
咕叽
沒什麼啦，只是開個玩笑。
好了去寫功課吧
真的嗎？
可惡～
他們兩個搞什麼啊，
最近竟然把我排除在外，感情越來越好。
4點半…距離打工時間還有兩小時以上…
16:23
興奮♥
興奮♥

興奮♥
興奮♥
約會好開心喔—♥
只要再過一個月，我也可以…！
吉野！
啊!?
噢，這不是鄉田嗎？
打架之友
終於找到你啦！
有事嗎？
有啊！
我想說，在畢業前一定要和你做一次了斷才行！
喔？
…噢噢！
好啊！
一決勝負吧！
我正好閒得發慌！
好，那就在老地方。
阿鄉——!!

阿鄉？
啊！
小靜——！
我看你的樣子不太對勁，所以一直在找你！
小靜…？
你果然還是打架了對不對！你明明答應我再也不打架！
妳誤會了！我跟這傢伙從以前就交手過好幾次……
我不想聽你的藉口！
對阿鄉來說，我和那個人誰比較重要!?
那當然是小靜妳啊!!
…就是這樣，抱歉，吉野，
本來想和你來個最後一戰…真可惜。
能夠和你交手是個很棒的回憶，要是能在某個地方再見面，到時候……好嗎!?
嘖！
到時候怎樣？我可以揍扁你嗎？

呼──
還有一個月……
還有三週，
還有兩週。
啊。

吉野老大！
那不是吉野老大嗎？
既然有來學校，就跟我們說一聲嘛！
我們…
唔哇！
你怎麼了啊!?
才一下沒見，存在感就變得這麼薄弱！
咦？
我沒怎麼樣啊…？
就跟平常一樣吧
不，你看起來超像快要消失啊!?
還有東西飄出來！
啊！
又是因為弘滿嗎!?
那個混蛋〜
竟然讓吉野老大變得這麼弱！
那傢伙是何方神聖
…老師沒有錯，
只是…

最近大家都對我很不友善…
情侶
情侶
出了什麼事嗎？吉野老大！
請你打起精神來！
我們永遠都站在吉野老大這邊!!
不過我們還是完全不認同弘滿就是了！
謝謝你們…
但這算站在我這邊嗎…？
唉，
要是能大鬧一場，至少還可以紓發壓力。
前陣子我甚至還被鄉田甩了
驚嚇
嘎嚓
因為吉野大哥認真起來，連球棒都能折斷吧
為什麼？
你們願意當我的對手嗎？
不…不可能。
三對一也可以喔。
這樣我也能拿出真本事
不、不。
這樣讓人更不願意了

嗨，吉野，
你居然在這個地方。
你出來一下。
臭小子，幹嘛突然…
啊…
你…是二年級時和我多次起衝突的……
傢伙吧。
忘記名字了。
沒錯，你好像還記得我嘛！
硬挺
（肌肉）
看來你有在鍛鍊呢。
來尋仇是吧～！
是啊。
很好，我接受挑戰。
吉野大哥是喜歡肌肉男吧。

體育倉庫
啪噹
嘎嚓
嘎嚓
為何要在這？
很不好行動對吧…
不過不會引人注目也好啦
吉野。
喔？
噢，那事不宜遲。
動手吧
和…
和我交往吧！
自從慘敗給你之後，我…滿腦子想的都是你…
不知不覺間，我…我好像竟然就喜歡上你了!!
所以為了要配得上你，我才鍛鍊成現在這樣！
因為你一直跟蜜戶那樣的人混在一起，所以想說你可能比較喜歡這種的

我一直很猶豫要不要說，可是比起不說，我寧可說了再後悔；啊、不過，你還是對兩個男人在一起很反感嗎!?
咦？
唔？不，那個…應該無所謂吧？
思考停止
驚
カッ
ぱっ
我想也是！我就知道如果是你，一定會這麼說！
!?因為你說無所謂啊！
那不就是OK的意思
你在做什麼!!
…啊——
ド
ン!
嘎嚓
睜眼
喂！
咚咚！咚咚！
你們在裡面做什麼！
把鎖打開！
叩叩！
唔哇…

……欸，
真抱歉，
我有一個一直很喜歡的人。
ガチャ!
哇！
嗚嗚嗚嗚
!?
怎麼了!?
……你做了什麼？
不是你闖禍了嗎？
他向我告白，我拒絕了！

咦!?
啊!喂。
為什麼會知道我在這裡?
ガシッ
呼~是本尊。
充電四週的分
我碰巧看見你們往這邊過來……
不對…也不算碰巧吧。
基本上你來學校的時候,我常會邊走邊找你。
你知道我有來上學嗎?
知道啊,因為我每天都會檢查鞋櫃。
緊抱
好難受
啾

噗哈
啊～不可以，這樣就跟文化祭前一樣了。
該走囉，待在這裡…
ドン

就會想做那檔事吧，
畢竟我們用過這裡好幾次了。
但是一次都沒有被打擾呀。
再說，
就算想從外面開鎖也沒用，鑰匙現在在老師手上吧？
是這樣沒錯
好不容易才逮到人怎麼可能讓機會溜走的感覺
……這次，
一定是最後的機會了。
下個月我就已經不在學校了喔？
……

你說這種話太犯規了吧！
耶～♥
我一直想要在這裡做一次呢～
雖然也曾想過為什麼我們要是老師與學生，
不要緊嗎？
但這也沒辦法吧。
嗯…
呼
要是老師沒有當老師的話，我們或許也無法重逢了。
啊。

而且現在，
我們超幸福的，所以這樣就好。
總覺得…
這是怎麼回事
感覺超棒的，好像身心都比平常更加…
充實了。
因為睽違已久嗎!?
啊～

我的甜心小惡魔 吉野漫長的一個月／END

第一次
From「我的甜心小惡魔」
啊～肚子好餓。
這個時間果然到處都是很多人哩。
看起來要等上30分鐘
怎麼辦？我們也要排隊嗎？
…
不然回去吃？
順道繞去超市
咦？
我來做吧。
咦
你會做菜嗎!?
我會啊…簡單的料理。
真的嗎!?
那就回去吧！
你要做什麼菜？
看你想吃什麼呀。
唔—
那日式料理。
魚之類的
日式料理～～～？
親手做的料理耶，
魚嗎
不過八成廚藝不佳…
燒焦了——

家裡
♪～
因為一直代替母親在家裡做飯，所以已經習慣了。
胡椒
咚嚕
滾
滾
※豐盛
どん
好了，久等囉～
どん
冰箱裡還有歪七扭八的蔬菜，所以我也用了～
どん
吉野！
抱住
你真的是極品耶！
再一次愛上你
咦！幹嘛啦，這不算什麼。
誰都會做吧
才不會咧！
不會做菜也有不會的萌點，不過我都喜歡。
猛吃
猛吃
吃相真豪邁
好吃～
END

喂！你在做什麼？
逆轉甜心
From「我的甜心小惡魔」
吉野：高中教師
你身為空手道社的人，怎麼可以打架！
老師沒資格說我，
你自己以前還不是做過類似的事情。
…啊～
…會說這種話的傢伙啊…
菅谷：高中三年級
有本事就試試看吧…
怎樣？要用蠻力阻止我嗎？
嗯。
バッ

※噗啾～
ぶちゅ
ちゅ～～
舔
舔
舔
……
……!!?
噗
呼
哈哈——
我搶到了❤
既然學到教訓，就不要再做壞事了喔!!
你…你～～
只要這樣做，大家都會乖乖聽話耶。
那不是因為學到了教訓，而是因為希望他對自己有好感。
不可以對大家這麼做吧～
這不是假設嗎？
END

後記

這次非常感謝大家購買《我的害羞小甜心》。
雖是《我的甜心小惡魔》的衍生作品，
不過卻是和哥哥相去甚遠的類型。
我很少畫這種感覺的情侶，
希望多少能給大家帶來一些歡樂……！

將近2m
第一次畫
體格差距
這麼大的
情侶～
165cm
左右

Special thanx
Megu
Gin
Furo
Suekichi
責編大人!!

夏目維翔
2014.6

我的害羞小甜心

(原著名：ジンジャーハニー)

2015年8月15日　初版第1刷發行
作　　者：夏目維朔
譯　　者：KUMAKO
編　　輯：陳香琳
發 行 所：台灣東販股份有限公司
發 行 人：齋木祥行
新聞局登記字號：局版臺業字第4680號
地　　址：105台北市南京東路4段130號2F-1
電　　話：(02)2577-8878
傳　　真：(02)2577-8896
郵撥帳號：14050494
總 經 銷：聯合發行股份有限公司
地　　址：新北市新店區寶橋路235巷6弄6號2樓
電　　話：(02)2917-8022
傳　　真：(02)2915-6275
法律顧問：北辰著作權事務所蕭雄淋律師
電　　話：(02)2367-7575